# Unterwürfige Ehefrau 2

## Herrschaft und erotische Unterwerfung

# Erika Sanders

Unterwürfige Ehefrau 2
Erika Sanders

Herrschaft und erotische Unterwerfung Vol. 16

# Zusammenfassung

Eine weiße Frau und Mutter beschließt schließlich, ihrer tiefsten, ältesten und perversesten Fantasie mit einem schwarzen Mädchen nachzugehen...

**Unterwürfige Ehefrau 2** ist eine Geschichte mit starkem erotischem BDSM-Gehalt und gehört wiederum auch zur Erotic Domination-Sammlung, einer Reihe von Romanen mit hohem romantischem und erotischem BDSM-Gehalt.

(Alle Charaktere sind 18 oder älter)

# Hinweis zum Autorin:

Erika Sanders ist eine international bekannte Schriftstellerin, die in mehr als zwanzig Sprachen übersetzt wurde und ihre erotischsten Schriften, fernab ihrer üblichen Prosa, mit ihrem Mädchennamen signiert.

# Index:

# UNTERWÜRFIGE EHEFRAU 2
## ERIKA SANDERS

# KAPITEL I

Vorsichtig bringe ich meine Kinder ins Bett, ziehe ihnen die Decken über die Schultern und gebe ihnen einen Gute-Nacht-Kuss auf die Stirn. Meine Güte, sie sehen aus wie solche Engel, die da liegen und einschlafen. Ich stehe für einen Moment über ihnen und beobachte ihre friedlichen Gesichter und fange an, sie zu beneiden. Ihr Leben ist zu diesem Zeitpunkt so einfach, nicht wie meines. Oh, habe ich sie beneidet.

Ich schalte die Lampe aus und schließe langsam die Tür hinter mir, wobei ich darauf bedacht bin, kein Geräusch zu machen. Ich gehe den Flur entlang und komme in mein Schlafzimmer, wo mein wunderbarer Ehemann tief und fest schläft. Ich seufze zufrieden bei dem Anblick, so froh, dass ich einen Mann wie ihn habe. Ich bin wirklich glücklich, die Familie zu haben, die ich habe. So ein Zuhause, ein wunderbares Auto und einen guten Job zu haben. Doch ... Es hat immer etwas gefehlt. Etwas, nach dem ich mich seit langer, langer Zeit heimlich gesehnt habe. Etwas, das ich nicht mehr weitermachen kann, ohne es mindestens einmal zu versuchen.

Mit den größten Schuldgefühlen nehme ich meine Handtasche vom Nachttisch und schließe vorsichtig die Schlafzimmertür. Ich mache so wenig Lärm wie möglich, während ich mich zur Vorderseite des Hauses bewege. Es braucht viel Mut, diesen Knopf zu drehen, aber ich tue es.

Zwanzig Minuten fahre ich durch die Stadt. Obwohl ich weiß, wohin ich gehe, fühle ich mich immer noch verloren. Das ist ein großer Schritt, den ich mache. Bis jetzt war alles in meinem Kopf gewesen. Meine Träume, meine Fantasien. Alles seit der High School sicher im hinteren Teil meines verdrehten Gehirns versteckt. Damals, als 'Sie' es zum ersten Mal dort reinsteckte.

Ich ließ meine Familie zurück, wenn auch nur kurz, um endlich die Wünsche von jenem Tag vor so langer Zeit zu verwirklichen.

Als ich um die Ecke biege, sehe ich sie sofort. Junge kaum bekleidete Frauen der Nacht gehen die Straße auf und ab. Weiß, asiatisch, schwarz oder spanisch. Alle konkurrieren um die Aufmerksamkeit der verschiedenen dunkel getönten Autos, die an ihren Seiten vorbeifahren. Ich bleibe an der Ecke stehen, mein Auto läuft im Leerlauf, während ich die Frauen anstarre und nach der suche, die ich hier sehen möchte.

„Letzte Chance", flüstere ich mir zu. Ich musste das immer noch nicht tun. So sehr meine Fotze darum bettelte, das Auto nach vorne zu schieben, flehte mein Gehirn mich an, das Lenkrad umzudrehen. Zurück zu meinen Kindern, meinem Mann, meinem Zuhause. Eine normale Frau zu sein, die ihre höschendurchnässten Fantasien nicht ausleben musste.

Ich hätte vielleicht tatsächlich auf mein Gehirn gehört, wenn ich sie einen Moment später nicht gesehen hätte. Der dunkle Teint des Mädchens, das ich besuchen wollte, war unverkennbar. Das Mädchen, das ich seit fast einem Monat auf diesen Straßen beobachtete, ging auf und ab. Das schwarze Mädchen, das ich ausgewählt hatte, um meinen Körper heute Nacht zu missbrauchen, wie es das schwarze Mädchen in der High School nie getan hat.

Ich schalte mein Gehirn aus, mein Fuß drückt aufs Gas. Als ich um die Ecke biege, fahre ich das Auto immer näher heran. Ich konnte deutlich sehen, dass sie ihr typisches Straßenoutfit trug. Ein Mikrorock, der ihren Arsch umarmt, ein enges rosafarbenes Top, das jede Rundung und Beule ihrer Brüste enthüllt, und natürlich diese glänzenden roten High Heels.

Ich bin fast bei ihr, als sie sich endlich in meine Richtung dreht und den grünen Geländewagen bemerkt, der neben ihr herrollt. Als sie die Bremsen voll durchdrückt, kommt das Auto zum Stehen, als sie an die Beifahrerscheibe klopft. Mit einem letzten tiefen Atemzug drücke ich ihn herunter.

Ich sehe den überraschten Blick, als sie sieht, wer der Fahrer ist, und erwartet eindeutig keine Frau. Sie nimmt sich einen Moment Zeit, um auf den Rücksitz zu schauen, um zu sehen, ob noch jemand da ist, und sieht mich dann wieder an.

"Möchtest du heute Abend eine gute Zeit haben, Mrs?"

Ich nicke schüchtern, zu nervös, um zu wissen, was ich sonst tun soll.

Sie öffnet lässig die unverschlossene Tür und steigt ein. Ich bin erstaunt, dass ich tatsächlich so weit gekommen bin, eine Prostituierte in meinem Auto zu haben. Die einzige Frage, die noch offen bleibt, ist, ob sie tatsächlich tun würde, worum ich sie bitte, wenn ich es ihr sage. Wenn sie über die seltsame Art meiner Bitte hinwegsehen und das befriedigen kann, wonach ich mich von ihr sehne.

"Hier drin oder woanders?"

Ich sehe sie stumm an, geistig zu aufgeregt, um auf ihre Frage zu reagieren.

"Du willst deinen Freak im Auto oder woanders anmachen?"

"Irgendwo anders." flüstere ich und gewinne leicht meine Sinne.

"Okay, aber du bezahlst auch das Zimmer."

Ich nicke, dann erlaube ich ihr, mich ein paar Häuserblocks weit zu führen, bis wir an einem bescheiden aussehenden Motelkomplex ankommen. Die ganze Zeit, die ich fahre, kann ich sehen, wie sie mich aus dem Augenwinkel ansieht. Ich kann sagen, dass sie versucht, mich zu verstehen und herauszufinden, welches Spiel ich vielleicht spiele. Warum sollte diese normal aussehende weiße Frau in einem SUV Dienste von einem Mädchen wie ihr verlangen?

Während sie draußen wartete, ging ich in die Lobby, um ein Zimmer zu bekommen. Der Typ muss gesehen haben, wie nervös ich war, als ich mit zitternder Hand für das Zimmer unterschrieb und ihm den Schlüssel abnahm. Zum Glück machte er sich nicht die Mühe, nach meinen Problemen zu fragen.

# KAPITEL II

Zimmer Nr. 05 war das, was er mir gegeben hatte. Das Mädchen wartete direkt neben mir, als ich herumfummelte, um die Tür aufzuschließen. Inzwischen hatte sie ihre frühere Neugier auf mich verloren und wartete ungeduldig darauf, dass ich alles hinter mich bringen würde. Für einen kurzen Moment überlege ich, einen Rückzieher zu machen und die Verrücktheit meiner Handlungen in Frage zu stellen. Was habe ich hier gemacht? Brauchte ich diese schwarze Frau wirklich, um meine tiefste, älteste, perverseste Fantasie zu befriedigen? War Selbstbefriedigung nicht mehr gut genug?

Bevor ich die Tür aufdrücke, blicke ich ein letztes Mal zurück und sehe ihr hübsches schwarzes Gesicht. Nein, Selbstbefriedigung würde mir einfach nichts mehr bringen.

Ich war so nervös, als sie schweigend auf dem Bett saß, mich musterte und versuchte herauszufinden, ob ich echt oder genauso verrückt war, wie ich klang. Ich konnte nicht aufhören, herumzuzappeln, als sie mich von der Ecke des Bettes aus anstarrte, was mir das Gefühl gab, so ein Idiot zu sein. Wer fragt so etwas? Das war falsch.

"Du willst, dass ich was tue?"

Ich wusste, dass sie es nicht sofort verstehen würde. Es ist so kompliziert und doch so kindisch.

"Ich ... möchte, dass du ... (ich nahm einen weiteren wässrigen Schluck) ... mich beherrschst!"

Wieder starrte sie mich an und versuchte wahrscheinlich, sich ein Bild von meiner Absurdität zu machen. Es bildete sich nicht schnell genug.

"Nun, wie?"

Meine Güte, ich hatte gehofft, sie würde nicht zu viele Fragen stellen. Ich bezahle sie einfach und sie würde mich dominieren. Was ist so schwer zu verstehen?

„Ich möchte, dass du mich behandelst ... wie ... (ich hielt den Atem an) ... Dreck!"

Ein Lächeln huschte über ihr hübsches junges Gesicht. Ein Lächeln, das mir sagte, dass ihr gefiel, was sie hörte, auch wenn es so seltsam war. Dann verwandelte sich das Lächeln in eines voller Neugier.

"Warum"

"Oh bitte, müssen wir das besprechen? Ich bin bereit zu zahlen..."

„Lady, es kommt nicht jeden Tag vor, dass mich eine schick aussehende weiße Frau mit einem Geländewagen bittet, sie wie Dreck zu behandeln. Wo ist der Haken?"

Fangen? Dieses Mädchen will wissen, ob es einen Haken gibt? Kann sie nicht einfach ja sagen? Kann sie nicht einfach zustimmen, mich zu bestrafen, wie es diese schwarze Schlampe in der High School hätte tun sollen?

"Entweder sagst du mir, warum du wirklich hier bist, oder ich bin hier weg!"

Damit stand sie auf und ging zur Tür.

"WARTEN!" Ich weinte ihr nach. Ich war nicht so nah dran, nur um abgelehnt zu werden. "Bitte geh nicht."

Sie drehte sich um und sah mich direkt an.

"Ich ... habe diese ... Fantasie ..."

"Jawohl?....."

„Es geht um dieses Mädchen, das ich in der Highschool kannte. Ein schwarzes Mädchen."

"Mach weiter!" Sie hob voller Neugier eine Augenbraue, als ich meinen Blick beschämt auf den Boden senkte.

"Nun, sie und ich ... na ja ... haben uns nie wirklich verstanden. Sie war zu der Zeit eines der wenigen schwarzen Mädchen an der Schule und nun, meine Freundinnen und ich haben uns ununterbrochen über sie lustig gemacht."

"Das klingt nicht sehr nett von dir." Sie sah jetzt ein wenig beunruhigt aus.

"Ja gut....das machen junge Mädchen mit anderen, die nicht gerade 'hineinpassen.'"

„Du musst es mir nicht sagen, Lady. Ich bin damit aufgewachsen, den Scheiß zu hören, den ihr weiße Frauen hinter unserem Rücken sagen."

Bei diesen Worten lief mir ein Kribbeln über den Rücken. Ich machte mir langsam Sorgen, dass ich sie beleidigen könnte. Doch der Ausdruck in ihren Augen sagte mir, dass ich besser damit fortfahren sollte, mich zu erklären.

„Ich ... ich glaube, ich war vielleicht das Schlimmste zu ihr. Ich war immer eines der ersten Mädchen, das etwas angefangen hat und sich über ihre Haare, ihre Kleidung, ihr Gesicht, ihre Herkunft lustig gemacht hat " ...

„Und sie hat es einfach genommen? Sie hat nie versucht, es dir heimzuzahlen?" Ich konnte definitiv die Wut in ihrer Stimme spüren.

"Nein, niemals. Bis eines Tages das ist."

Die junge Prostituierte machte sich langsam auf den Weg zurück zum Bett, wo sie auf der Kante saß, jetzt anscheinend bereit, den wahren Grund zu erfahren, warum wir beide hier waren. Sie sah mich mit erneutem Interesse an.

„Es passierte an einem Tag, an dem ich besonders gemein zu ihr war. Meine Freunde und ich konnten sie einfach nicht in einem unserer Kurse alleine lassen, und ich konnte sehen, dass sie sowohl unglücklich als auch wütend auf uns war, weil wir das getan hatten. Und doch so naiv wie Ich war, ich dachte nicht daran, wie wütend wir sie tatsächlich machten. Ich hätte es kommen sehen sollen, aber ich war einfach nicht auf das vorbereitet, was sie nach der Schule geplant hatte.

Ich konnte sehen, dass sie sich jetzt sehr für meine Geschichte interessierte.

„Normalerweise gingen meine beiden besten Freundinnen und ich durch die Felder hinter der Schule nach Hause. Wir wohnten nicht allzu weit von dort entfernt und es war normalerweise ein ziemlich kurzer Spaziergang. Ich schätze, sie wusste, dass wir an diesem Tag noch einmal dorthin gehen würden ."

"Und? Hat sie dir endlich eine Lektion erteilt?"

Ein weiterer Schauer ging durch meinen Körper. Ich wusste, was die Antwort auf ihre Frage war. Ich habe mein ganzes Erwachsenenleben lang darüber nachgedacht.

"Nein, hat sie nicht!"

Die Hure saß nur da und sah mich an und wartete auf weitere Erklärungen.

„Später an diesem Tag, als wir um die Ecke der Schule bogen, überraschte sie uns drei von hinten. Alles, was ich hörte, war, wie mein Name gerufen wurde, und als ich mich umdrehte, hatte mich eine schwarze Hand SCHWER über meinen geschlagen Gesicht. Ich sah Blicke, als ich zurückstolperte. Das nächste, was ich wusste, war, dass ich hart gegen eine Wand gedrückt wurde, ihr Gesicht nur Zentimeter von meinem entfernt. Meine beiden Freunde kauerten auf ihren Knien, ihre Wangen ebenfalls rot."

Ein trotziges Lächeln ging von einem Ohr zum anderen über die schwarze Prostituierte und bestätigte offensichtlich die bisherigen Handlungen des schwarzen Heroins in meiner Geschichte.

„Ich habe versucht, sie abzuwehren, sie von mir wegzudrücken. Aber nach mehreren weiteren Ohrfeigen hatte ich Tränen in den Augen und war völlig machtlos. Als ich ihre Finger um meinen Hals spürte, gehörte meine Aufmerksamkeit ganz ihr."

"Was hat sie sonst noch getan?"

„Körperlich nicht viel mehr. Sie hielt einfach meinen Hals fest in ihrer Hand, während sie mich beschimpfte. Sie verfluchte meine Freunde und mich, nannte uns schreckliche, schreckliche Namen."

„Sag mir, wie sie euch Mädchen genannt hat."

"Sie ... hat uns angerufen ... dumme weiße rassistische Fotzen!

Die Hure nickte anerkennend. Ich wusste nur, dass meine Wangen vor Scham rot waren.

„Als sie mit dem Schreien fertig war, hatte sie gründlich versichert, dass ich sie NIE wieder belästigen würde. Ich löste meinen Hals aus ihrem Griff und fiel auf die Knie, wo sie mich anspuckte, bevor sie an meinen Freunden vorbeistürmte.

"UND?"

"Und ich habe sie nie wieder belästigt."

Ich konnte den Ausdruck der Enttäuschung in ihren Augen sehen. Sie hoffte, genau wie ich, eindeutig, dass an der Geschichte mehr dran sein würde.

„Also sag mir, Lady. Warum sind wir beide heute Nacht in diesem Motelzimmer?"

"Weil... naja... als ich auf die Knie gefallen war, meine... ich meine... ich war... naß!" Sie starrte mich einfach weiter an, keine Veränderung in ihrem Gesichtsausdruck. "Und...meine Brustwarzen waren...hart!" Immer noch keine Veränderung in ihrem Gesicht. „Seitdem habe ich nur noch an diesen Tag gedacht. Ihre Finger um meinen Hals, ihr Gesicht nur Zentimeter von meinem entfernt, ihre Stimme dröhnte in meine Ohren, meine Freunde weinten auf dem Boden. Meine Güte, sie wirkte so mächtig, so dominant über mich. Ich fühlte mich so schwach, so erbärmlich, so .... hilflos vor ihr. Seit ich geträumt habe, nein ... masturbiert zu den Gedanken darüber, was wäre wenn. Was wäre, wenn sie beschlossen hätte, mir wirklich etwas beizubringen? Lektion dafür, eine .... "dumme rassistische weiße Fotze" zu sein? Was wäre, wenn sie mich bestraft hätte, wie ich es all die Jahre phantasiert habe? Was wäre, wenn? Deshalb bin ich heute Abend hier bei dir.

Ich sah sie flehentlich an, atemlos von den emotionalen Worten, die ich gerade gegeben hatte. Doch ihr Gesicht blieb die ganze Zeit unverändert, unbewegt.

# KAPITEL III

Eine Minute lang starrten wir uns beide an. Ich wurde sehr nervös. Sicher muss sie denken, dass ich verrückt bin. Sicher muss sie die perverse Natur meiner Bitte erkennen. Welche Frau würde wollen, dass ein anderer sie missbraucht, schwarz oder weiß, Geld oder umsonst?

Endlich legte sich ein Grinsen über ihr wunderschönes Gesicht.

"Zieh deine Bluse aus."

Ich hielt kurz die Luft an. Wollte sie nur, dass ich es ausziehe? Bedeutete das, dass sie tatsächlich damit einverstanden war?

Der strenge Ausdruck auf ihrem Gesicht brachte meine Hände instinktiv zu meinen Knöpfen. Während ich die Knöpfe aufknöpfte, konnte ich sie die ganze Zeit nur ansehen und versuchte, einen Hinweis darauf zu bekommen, was sie dachte. Meine Bluse fiel weg und landete neben meinen Füßen auf dem Boden. Ihre Augen konzentrierten sich sofort auf meine von einem BH bedeckte Brust.

"Entfernen Sie es."

Mit einem elektrischen Seufzen griff ich nach hinten und öffnete meinen BH von hinten, zog ihn nach vorne und ließ meine blassweißen Brüste frei fallen. Sofort erschien ein schlaues Grinsen auf ihrem Gesicht, als sie die Größe meiner Titten betrachtete. Zum ersten Mal seit der High School fühlte ich mich einer schwarzen Frau gegenüber hilflos.

Ich ließ zu, dass der BH aus meinen Händen fiel.

Ohne den Blick von meiner Brust zu nehmen, erhob sie sich vom Bett und bewegte sich langsam auf mich zu. Inzwischen zitterte ich deutlich vor ihr.

Ein Stöhnen entkam meinen Lippen, als ihre warmen, weichen Hände beide fleischigen Kugeln umfassten. Ich gebe offen zu, wie schön es sich anfühlte, auf diese zarte Art gestreichelt zu werden. Ich schloss meine Augen und stand passiv da, während ich sie mit ihnen spielen ließ und spürte, wie ihre Finger wanderten, bevor sie ihren Weg zur Mitte jeder Brust fanden, zu den steinharten Brustwarzen, von denen ich wusste, dass sie um Aufmerksamkeit bettelten. Meine Güte, habe ich das gebraucht. Auch ohne die Fantasien brauchte ich es so sehr.

"Vierhundert Dollar." Ich öffnete meine Augen und sah sie an.

Diesen Teil, die Verhandlung, hatte ich fast vergessen. Als sich ihre Finger um jede Brustwarze festigten, war ich kaum in der Lage, ihrem Preis zu widersprechen. Benommen nickte ich mit dem Kopf.

"Du bist verrückt, weißt du das?"

Wieder nickte ich benommen mit dem Kopf. Ich war es sicherlich.

Sie ließ meine Brustwarzen los, ging zurück zur Bettkante und setzte sich wieder darauf.

„Zuerst bezahlst du! Ich will nicht, dass du dich hinterher beschwerst, dass ich zu hart zu dir war."

Ich machte mich schnell auf den Weg zu meiner Handtasche auf der anderen Seite des Zimmers. Ich wollte, dass dies so schnell wie möglich beginnt. Als ich mich bewegte, wackelten meine Brüste ziemlich komisch, da bin ich mir sicher. Ich griff nach unten, hob meine Handtasche vom Stuhl auf, öffnete sie und zog vier knackige Hundert-Dollar-Scheine heraus. Als sie zu ihr zurückging, nahm sie sie aus meiner Hand.

„Du weißt, dass ich euch weiße Frauen nie verstehen werde", sagte sie spöttisch, während sie die Scheine gegen das Licht hielt und prüfte, ob sie echt waren. „Benimm dich immer so, als wärst du die Spitze des Genpools." Sie steckte die Scheine in ihr Oberteil, zwischen ihr dunkles Dekolleté. "Nur um hier aufzutauchen und darum zu betteln..."

Sie hielt mitten im Satz inne und bemerkte zum ersten Mal das Zittern meines Körpers. Sie konnte sehen, wie nervös ich wirklich war.

"Sind Sie sicher, dass Sie das tun wollen?" fragte sie, zum ersten Mal mit einem Anflug von Mitgefühl. Ich nickte flehentlich und sah ihr direkt in die Augen. Ich brauchte das mehr, als sie wusste.

Mit einem Seufzer der Gleichgültigkeit forderte sie mich auf, meine Hände hinter meinen Kopf zu legen. Mein Magen zuckte tatsächlich mit meinen gescheiterten Versuchen, normal zu atmen. Endlich geschah es tatsächlich. All meine Fantasien, all meine Träume, ich würde sie endlich leben.

Meine Hände über meinem Nacken gefaltet, hoben sich meine Brüste zu ihr.

"Bitten!"

Ich blinzle sie mehrmals an. Bitten? Aber ... aber ich habe sie bezahlt?

"Bitte zwing mich nicht." Ich wimmerte, als mir klar wurde, wie viel peinlicher es wäre, dies zu tun.

"Kein Betteln, kein Spielen!"

Ich sah zurück zu ihrem Gesicht, eine kleine Träne sammelte sich in meinem rechten Auge.

"Bitte ... Herrin, werden ... Sie ..."

„MISTRESS? HAH, so hat mich noch nie jemand genannt.

"Bitte Herrin, würden Sie mich freundlicherweise... bestrafen?" Ich blickte auf meine Brust, auf die zwei weißen, schwankenden Kugeln. Die gleichen zwei Kugeln, die mein Mann gerne streichelt und streichelt. Dieselben Brüste, auf die ich immer stolz war. Dieselben zwei Titten, die ich jetzt einer schwarzen Prostituierten in den Zwanzigern anbot.

"Welche Lady bestrafen? Was von euch hätte ich gerne bestraft?"

Es gab keinen Grund mehr, Vortäuschungen zu verbergen. Ich bezahlte sie dafür, meinen Körper zu missbrauchen, und es war an der Zeit, ihr genau das zu sagen.

"Meine TITTEN, Herrin! Bitte bestrafe sie!"

Ich hörte ein Kichern über ihre Lippen kommen.

„Aber das sind so hübsche weiße Dinger. Warum willst du sie alle rot und wund machen?"

„Bitte, tut ihnen einfach weh!" Ich konnte nicht glauben, dass ich eigentlich so viel darum bettelte. Hatte sie nicht vierhundert Dollar in ihrem Top für ihre Mühe?

"Nicht bis die hübsche weiße Dame mir sagt, warum sie eine schwarze Hure will, die ihre süßen kleinen Titten schlägt!"

"Weil weil..."

"Weil?"

"WEIL ICH EINE DUMME WEISSE RASSISTISCHE FOTZE BIN!"

(SCHLAGEN!)

Die Worte flossen einfach magisch aus meinem Mund. Ich hätte nicht einmal geglaubt, dass ich den Mut hätte, sie auszusprechen. Doch in dem Moment, als ich es tat, entkam ein Keuchen schnell meinen Lippen, als sie mit ihrer offenen Handfläche gegen meine linke Brust schlug, völlig unvorbereitet auf den stechenden Schmerz, der in mein Gehirn schoss. Sie hielt inne und erlaubte meinen Brüsten, auf meiner Brust herumzuwackeln. Ich wusste immer, dass die Brüste empfindlich sind, aber ...

(HACK)

Dieses Mal wackelte meine rechte Brust, als ich auf meine Unterlippe biss.

"Bitte mehr!" Ich krächzte.

(KLAPPE) ... (KLAPPE)

Die linke, dann die rechte Brust schwankte, als sie zwei gleich starke Schläge ausführte. Instinktiv ließ ich meine Hände über meine dreifachen Titten fallen und brachte sie in meine Brust. Ich versuchte, die Wundheit aus ihnen herauszureiben, aber sie brannten immer noch schmerzhaft. Meine bezahlte Peinigerin saß geduldig da, bis ich wieder meine Hände hinter meinen Kopf legte und ihr meine errötenden Titten für mehr von ihrer Bestrafung anbot.

„Soll das mit rassistischen weißen Schlampen passieren, wenn sie schwarze Frauen überqueren? Sollen ihre großen weißen Titten geohrfeigt werden, um ihnen eine Lektion zu erteilen?"

Ich nickte benommen mit dem Kopf.

(SCHLAP)(SCHLAP)(SCHLAP)(SCHLAP)

Ich stöhnte schmerzhaft, als meine Knie weich wurden. Ich kämpfe darum, mit meinen Händen hinter mir stehen zu bleiben. Der Schmerz war unwirklich, aber Junge, habe ich mich jemals so lebendig gefühlt!

(SCHLAP)(SCHLAP)(SCHLAP)(SCHLAP)(SCHLAP)

Tränen strömten über meine Wangen, als meine Titten im Einklang mit ihren schlagenden Händen in alle Richtungen flogen. Das Gewicht auf meiner Brust verlagerte sich ständig von der schweren Misshandlung. Ich schaffte es, meine Augen zu schließen und mir vorzustellen, ich wäre noch einmal auf diesem Feld. Meine Freunde im Gras, geschockt und unter Tränen, als ich sah, wie die verhasste schwarze Schlampe meinen Hals gegen die Wand drückte, ihre Hände über meine entblößte Brust strichen und mir die Lektion erteilten, die ich nie bekommen hatte.

"Ist es das, was du wolltest? (SLAP) Ist es das, was du wolltest, dass dieses rebellische schwarze Mädchen dir gibt? (WHACK) Um dich vor deinen Freunden zu demütigen, indem du auf deine flauschigen weißen Titten schmatzt, bis du nach mehr weinst?"

"JA, HERRIN!!!"

(SCHLAP)(SCHLAP)(SCHLAP)(SCHLAP)

Ich konnte einfach nicht mehr. Der überwältigende Schmerz überwältigte mich schließlich und mit einem letzten Schrei der Verzweiflung ließ ich meine Hände über meine roten, wunden Titten fallen, beugte mich vor und fiel in einem Strom von Tränen auf meine Knie.

Ich muss ein paar Minuten auf dem Boden gelegen haben, geweint und mir zur Erleichterung die Brüste gerieben haben. Die ganze Zeit saß sie einfach auf der Bettkante und untersuchte ihre Nägel auf Schäden. Nach ein paar weiteren Minuten war ich überrascht, wie sie ihre Hand unter meinem Kinn spürte, sie hob, um ihr wieder in die Augen zu sehen. Wir starrten uns einen Moment lang an, mein Weinen reduzierte sich auf ein unregelmäßiges Schniefen, als sie endlich sprach.

"Du verdienst das, nicht wahr?"

Ich nickte ja.

"Dumme weiße Schlampe!"

Ich nickte erneut.

Immer noch mein Kinn haltend, beugte sie sich vor und küsste mich leidenschaftlich auf die Lippen. Ich schloss meine Augen und erlaubte ihrer Zunge, in meine zu fließen, genoss ihre Erkundung meines Mundes. Meine Arme fallen bald schlaff an meine Seiten und entblößen wieder meine immer noch schmerzenden Titten.

Nach ungefähr zwanzig Sekunden zog sie ihr Gesicht zurück und sah mir wieder in die Augen.

"Hat die dumme Rassistenfotze ihre Lektion schon gelernt?"

Ich schüttelte den Kopf....nein.

Ein weiteres grausames Lächeln breitete sich auf ihrem Gesicht aus.

# KAPITEL IV

"Über meine Knie!"

Langsam erhob ich mich vom Boden und wollte auf ihren Schoß kriechen, aber sie hielt mich schnell zurück. Als sie auf meinen Rock zeigte, wusste ich, was sie zuerst wollte. Mit nur einem kurzen Zögern begann ich, mein Kleid zu meinen Schuhen hinunterzuschieben, sodass mein Höschen schnell folgen konnte. Auch meine Schuhe und Socken lösten sich, so dass nur noch mein Ehering an meinem Körper verblieb. Ich ließ es an, während ich mich vorsichtig über ihre wunderschönen schwarzen Beine legte. Ich freute mich über das Gefühl, wie mein Bauch darüber glitt, bis mein Arsch direkt unter ihr war. Meine Brüste pressten sich unbequem gegen die Bettdecke, während ich auf ihr nächstes strafendes Verlangen wartete.

Aber ich würde warten müssen. Während ich mich auf ihre schlagende Hand gefasst machte, legte sie sich stattdessen sanft auf meine Wangen. Mit Zartheit, die nur eine Frau kennen kann, begann sie meinen fleischigen Hintern zu streicheln. Ich schloss meine Augen und genoss das sanfte Verlangen und Gleiten ihrer Finger, gelegentlich fühlte ich ihre kitzelnden Nägel darauf.

„Sag mir, Baby Girl, als die weiße Dame zu diesem armen schwarzen Mädchen aus der Schule gemein war, wurde sie heimlich angemacht?"

Ich antwortete nicht, da ich nicht genau wusste, woher das kam.

„Antworte mir, Babygirl. Bist du jedes Mal abgehauen, wenn du und deine versnobten weißen Schlampen sich über sie lustig gemacht haben?"

"Ja ... ja ..."

(SLAP) Ich keuchte vor Überraschung. Ihre Hand hatte sich schnell und leise von meinem Hintern erhoben und kam hart wieder nach unten gekracht. Ich hatte keine Ahnung, woher sie das wusste. Wie konnte sie sagen, dass es mich damals angemacht hatte, mich über diese Schlampe lustig zu machen?

„Ich wusste, dass du eine Schlampe bist. Ich wusste, dass deine weiße Fotze nicht anders konnte, als sich vor Macht zu sahnen, nachdem sie ein schwarzes Mädchen gedemütigt hatte. (SCHLAGEN!)

"OWWW…Herrin, es tut mir leid…"

(SLAP) „Halt die Klappe, du Schwein! Es ist nicht deine Schuld, es liegt dir im Blut. Du kannst nicht anders, als rassistische Schlampen zu sein. (SCHLAGEN)

Ich stöhnte schmerzhaft ins Bett. Mein Ausbleiben einer Antwort war Beweis genug für ihre Frage. Es war alles wahr. Ich war ein hübsches weißes Mädchen und sie war ein schwarzes Mädchen der unteren Klasse gewesen. Ich sollte besser sein als sie. Ich wurde erzogen, um besser zu sein. Doch mit meinem Hals hilflos in ihrer Hand gefangen, meiner Kleidung machtlos auf dem Boden, war ich ihr ausgeliefert. Dieses schwarze Mädchen hätte sich mit mir durchsetzen können und diese Kraft spülte mich in die Unterwerfung.

(SCHLAGEN)

„Es hat dich angemacht, den Spieß umzudrehen. Es hat diese winzigen Noppen ganz hart gemacht, nicht wahr? Es hat diese rosa Muschi ganz feucht und nass gemacht, als sie von einem schwarzen Mädchen gezeigt wurde? Richtig Schlampe?"

"YEESSSS HERRIN!!!!"

(SCHLAG)(SCHLAG)(SCHLAG)

„Aber die arme erbärmliche weiße Dame wollte mehr, nicht wahr? (SLAP) Sie wollte gedemütigt (SLAP) und missbraucht werden (SLAP) und in die Schlampe eines schwarzen Mädchens verwandelt werden (SLAP), nicht wahr?"

„Ja Herrin BITTE! Bitte mach mich zu deiner Schlampe! Missbrauche mich, demütige mich. Ich verdiene es so sehr. Bitte!!!!!!"

(SCHLAP)(SCHLAP)(SCHLAP)(SCHLAP)…..

Ich habe die Anzahl der Schläge auf meinem einst weißen Hintern verloren. Alles, was ich wusste, war, dass ich die Erfahrung meines Geistes vollständig wiedererlebte. Ich war total in der Zeit zurück, zurück in der High School, hinter den Feldern. Ich wurde vor meinen Freunden komplett ausgezogen und stellte mir vor, wie mein Arsch immer und immer wieder von dem schwarzen Mädchen geschlagen würde, wie ich es seit Jahren geträumt habe. Es war mir egal, dass mein Arsch brannte oder dass ich wahrscheinlich bereuen würde, was ich zuließ. Es war mir egal, dass es eine kaum legale schwarze Prostituierte war, die mir meinen Schmerz oder meine Strafe gab. ICH KÜMMERE MICH NICHT!

Ich hatte keine Ahnung, wann sie tatsächlich aufgehört hatte, meinen Arsch zu verprügeln. Ich muss einige Zeit auf ihrem Schoß getreten und geweint haben, bevor ich wieder zu Sinnen kam. Sie war wieder dazu übergegangen, meine Wangen zu streicheln. Obwohl sie so weich und sanft war wie zuvor, kribbelte meine Haut bei jeder Bewegung ihrer Finger vor Schmerz und ich zuckte ständig zusammen.

Dann weiteten sich meine Augen, als ihre Finger von meinen Wangen zwischen meine Schenkel glitten. Sie ermutigte mich, meine Knie zu spreizen, und drückte bald gegen meine Fotzenlippen, und zum ersten Mal konnte ich die kühle Luft über ihrer Nässe spüren.

"Dieser Missbrauch macht dich wirklich an, nicht wahr, Schlampe?"
Ich versteckte mein Gesicht vor Scham in den Laken.
"Stand!"

# KAPITEL V

Ich huschte schnell von ihren Knien, berauscht von dem mächtigen Befehl in ihrer Stimme. In einer Sekunde stand ich mit roten Titten und wundem Hintern vor ihr.

"Spreize deine Beine!"

Ich tat, was mir gesagt wurde. Sie hielt einen Moment inne und wartete darauf, dass ich es tat.

"Öffne deine Lippen für mich!"

Meine Finger zitterten, als ich nach unten griff und mein öliges Geschlecht für meine schwarze Herrin ausbreitete.

Sie beugte sich vor und musterte mich einen Moment lang, während sie in das für sie ausgestellte Rosa starrte. Ihre Augen fixierten meine Klitoris, stolz darauf, dass sie sie sehen konnte, als sie ihre rechte Hand danach hob.

Ich zitterte, als zwei Finger über meine nassen Lippen glitten, bevor sie auf meiner heißen Knospe ruhten. Als sie anfing, mein empfindliches Geschlechtsorgan zu reiben, schloss ich meine Augen und erlaubte mir, die neuen wunderbaren Empfindungen zu genießen, die sie mir gab. Nach einem Moment wurden ihre Finger durch einen Daumen ersetzt, die beiden Finger dringen nun in meine sehr warme Vagina ein. Ehe ich mich versah, wurde ich mitten im Raum von ihren Fingern gefickt. Ich öffnete meine Augen wieder und beobachtete ehrfürchtig, wie sich ihre Finger in meine Fotze hinein und wieder heraus bewegten, während ihr Daumen wild an meiner Klitoris herumspielte.

Ich kämpfe darum, stehen zu bleiben, während sie sich immer schneller bewegte, meine Knie wurden weich, während sich Schweiß auf meiner Stirn sammelte. Meine Finger versuchen verzweifelt, meine Lippen auseinander zu halten, während ihre immer schneller in mich eindringen. Dann, im schlimmsten Moment, hörten sie plötzlich auf.

Eine Welle der Frustration überkam mich, als meine Augen zu ihr flogen, um eine Erklärung dafür zu erhalten, warum meine Herrin meine Lust gestoppt hatte. Ihre Finger waren immer noch in mir, bewegten sich aber nicht mehr.

"Fick sie Prinzessin!"

Einen Moment lang bewegte ich mich nicht, weil ich nicht realisierte, was sie mir sagen wollte.

"Beweg diesen weißen Arsch! Fick meine Finger wie die dumme Schlampe, die du bist!"

Ich beugte meine Knie und drückte ihre Finger tiefer in mich, dann richtete ich mich schnell wieder auf. In ein paar weiteren Sekunden fickte ich meine Mieze mit allem, was ich wert war, an ihren Fingern und weinte vor erneuter Lust.

Wieder schließe ich die Augen und erlaube mir, mir vorzustellen, ich wäre hinten in der Schule. Meine beiden Freunde starren mich jetzt schockiert und angewidert an, während ich mich passiv an die Wand lehne, während eine schwarze Hand in den oberen Teil meines Rocks gleitet. Der Ausdruck der Freude überflutet mein Gesicht, als sie es wagt, mein nasses, devotes Geschlecht sicher in meinem Höschen versteckt zu finden. Der Ausdruck der absoluten Revolution auf den Gesichtern meines Freundes, als ich anfing, verzweifelt zurückzuficken.

"Lady, Sie sind wirklich erbärmlich, wissen Sie das?"

Meine Augen öffnen sich wieder bei ihren Worten, die Illusion in meinem Kopf verschwindet, als ich ihr hungrig in die Augen starre. Vorbei waren die Bilder von Schule und Freunden. Ich war wieder eine Ehefrau mittleren Alters und fickte für vierhundert Dollar die glatten Finger einer schwarzen Prostituierten!

Ich stöhnte, als ich noch schneller fickte und meine Hüften schnell gegen ihre dunklen Finger stieß, wie der absolute Idiot, der ich war. Selbst als ihr Daumennagel quälend an meiner Klitoris zu kratzen begann, wagte ich nicht aufzuhören. Alles, was ich tun konnte, war zu stöhnen und mich meiner verzweifelten Befreiung immer näher zu stoßen.

Innerhalb eines weiteren Augenblicks hatte ich meine Versuche, meine öligen Lippen auseinander zu halten, vollständig aufgegeben. Ständig entglitten sie meinem Griff. Stattdessen führte ich schamhaft eine nasse Hand an meinen Mund und saugte an meinen Fingern, während die andere an meinen immer noch geröteten Titten spielte. Meine Beine fühlten sich an, als stünden sie in Flammen, als die Muskeln in ihnen bis zum Zusammenbruch arbeiteten und meine Hüften in ihre Finger drückten.

„Ist es das, was weiße Schlampen tun, wenn sie loslassen? Kommen sie davon, ihre schmutzigen Fotzen gegen die Finger schwarzer Frauen zu ficken? Demonstrierst du so einer schwarzen Frau deine Überlegenheit, indem du ihre Finger fickst und dafür bezahlst?"

"JA HERRIN!"

"Was bist du?"

Diesmal gab es kein Zögern, als ich freimütig meinen erniedrigenden Titel bekannte: "Ich bin eine schmutzige, dumme, weiße, rassistische Fotze!"

Plötzlich zogen sich ihre Finger aus meiner entsafteten Fotze, um die Flut von Muschischlägen zu ermöglichen, die sofort folgten. Ich stieß einen Schrei unmenschlichen Schmerzes aus, als ich verzweifelt mein Becken vorstreckte, um ihre schlagende Hand zu treffen. Innerhalb von Sekunden überfluteten mich Schmerz und Vergnügen, als ich quietschend wie ein Schwein zu Boden brach, mein Körper zitterte und sich wie eine Verrückte verkrampfte.

Meine Herrin hat gerade vom Bett aus zugesehen, wie viel Chaos sie meinem Geist und Körper zugefügt hat. Die ganze Zeit über mit dem breitesten Grinsen. Denken Sie nicht einmal daran, mich zu fragen, wie lange ich zu ihren Füßen spritzte, nur dass es sich wie die längsten Momente meines Lebens anfühlte.

Irgendwann gelang es mir, wieder zu Sinnen zu kommen und vor ihr auf die Knie zu gehen. Trotz des stechenden Schmerzes in meinen Titten, meinem Arsch und meiner Muschi glühte mein ganzes Gesicht. Noch nie zuvor hatte ich einen solchen Orgasmus gehabt, und ich war noch nie so nahe daran gewesen, meine tiefste Fantasie auszuleben. Manchmal fühlte ich mich wirklich, als wäre ich zurück in der Schule und würde so dominiert, wie ich es mir immer gewünscht hätte. Ich strahlte meine Herrin an, weil sie mir das gegeben hatte, und sie lächelte warm zurück und bestätigte mich.

Doch ihr Lächeln verblasste, als sie anfing, mir ihre Arme entgegenzustrecken. Als sie sanft ihre Hände gegen meine Schultern drückte, ließ ich zu, dass sie mich nach hinten drückte, bis ich auf meinem Rücken lag. Ich lag passiv da und beobachtete, wie sie aufstand und an meiner Seite entlangging, bis sie neben meinem ruhenden Kopf stand. Sie hob ein Bein und legte es über mich und auf die andere Seite meines Gesichts.

Jetzt hatte ich keine andere Wahl, als nach oben zu schauen, vorbei an ihren hübschen Waden, vorbei an ihren niedlichen Knien, vorbei an ihren festen Schenkeln, ihren Mikrorock hinauf, wo ihre dunklen haarlosen Lippen lagen. Ich konnte kaum seine Umrisse ausmachen und mir wurde klar, dass ich noch nie auf die Idee gekommen war, dass sie kein Höschen anhatte.

Sie sah für einen kurzen Moment auf mich herunter und schien die Haltung zu genießen, die sie jetzt mir gegenüber einnahm. Dann schob sie kurzerhand ihren Rock bis zur Hüfte hoch. Zum ersten Mal in meinem Leben sah ich mir den sehr feuchten Sex einer anderen Frau an. Ich konnte es über mir glitzern sehen, als ich es ansah, als wäre ich in Trance. Ich brauchte einen Moment, bevor ich merkte, dass sie ihre Hüften zu meinem Gesicht senkte.

Ich hatte kaum Zeit zum Nachdenken, da mein Kopf bald zwischen ihren beiden starken schwarzen Schenkeln eingeschlossen war. Meine Augen weiteten sich, als sich meine Lippen direkt gegen ihre

Geschlechtslippen drückten. Sofort füllte der Geruch von Sex meine Nasenlöcher. Der Geruch unzähliger vergangener Kunden füllte meine Lungen. Ihre Säfte, die es immer noch schafften, sich an meinen geschlossenen Lippen vorbeizudrängen, trugen den schwachen Geschmack von männlichem Samen.

Ich stöhnte in ihre Muschi, damit sie aussteigt, und erkannte die Verdorbenheit meiner neuen Position.

„Öffne diese zimperlichen Lippen, Schlampe. Steck diese Zunge in mich rein." befahl sie, doch meine Lippen und meine Zunge bewegten sich immer noch nicht. Das war nicht das, was ich gewollt hatte. Ich wollte den Dreck nicht schmecken, der in ihr lag. Ich dachte nicht mehr an meine Highschool-Zeit als snobistisches weißes Mädchen. Ich war total auf die Tatsache konzentriert, dass ich gebeten wurde, die benutzte Muschi einer Hure zu reinigen! Dafür hatte ich sie nicht bezahlt.

Sie griff nach hinten, ergriff meine rechte Brust und drückte sie grausam. "Ich sagte, friss mich, du verdammter Deich! Lutsch meine Muschi wie die verdammte weiße Lesbenschlampe, die du bist!"

Ich öffnete meinen Mund, um vor Schmerzen zu schreien, die aus meiner Titte strömten, und ließ unwissentlich zu, dass mehr ihrer verdorbenen Säfte in meinen Mund floss und meine Zunge und meine Zähne bedeckte. Trotzdem aß ich sie immer noch nicht, was sie veranlasste, ihre andere Hand nach hinten zu strecken, um meine beiden armen Brüste noch fester zu drücken.

Mit einem gedämpften Schrei stieß ich meine Zunge in ihr warmes, feuchtes Loch, verzweifelt um den Schmerz zu stoppen. Sofort schloss sie ihre Schenkel fest um meinen Kopf und ermutigte meine Zunge.

„Gutes Mädchen. Gutes weißes Mädchen. Reinige diese schwarze Muschi, die du so sehr liebst. Sauge all das Böse darin heraus.

Da ich keine andere Wahl hatte, begann ich, ihre benutzte Fotze zu reinigen. Trotz meiner anfänglichen Abscheu nahm ich mir vor, die Reste ihrer ehemaligen zahlenden Kundschaft in meinen Mund zu saugen. Ich konnte sagen, dass sie jeden Moment davon genoss. Sie hat nicht jeden Tag eine weiße Frau zwischen ihren gut gefickten Schenkeln, und heute Nacht hat sie höchstwahrscheinlich ihre eigenen dunklen Fantasien auf meine Kosten ausgelebt, buchstäblich.

Meine ganze Aufmerksamkeit war jetzt auf ihre Fotze gerichtet. Ich verlor mich irgendwie, als ich mein Bestes tat, um sie zufrieden zu stellen. Irgendwann vergaß ich, wie schmutzig die Flüssigkeiten waren, die in meinen Mund flossen. Stattdessen berührte ich ihre Falten und Wände, wie sie es verlangte. Hin und wieder griff sie nach hinten und schlug auf meine Brüste, damit ich mehr Aufmerksamkeit schenkte.

Als sie schließlich von meinem tauben Gesicht fiel, hatte sie dreimal einen Orgasmus und mein Hals und mein Bauch waren mit Dingen bedeckt, an die ich wirklich NICHT denken möchte.

Wir lagen beide einige Zeit auf dem Boden des Hotelzimmers und bewegten keinen einzigen Muskel, als wir versuchten, unsere Energie wiederzugewinnen. Ich glaube ehrlich gesagt nicht, dass ich hätte sprechen können, wenn ich gewollt hätte, da meine Zunge schlaff in meinem Mund lag. Die ganze Zeit spielten ihre Finger leicht mit meinen immer noch erigierten Nippeln, während wir nebeneinander keuchten.

Ich vermute, dass sie aufgrund ihrer Jugend ihre Energie schneller wiedererlangen konnte als ich. Ich sah vom Boden aus zu, wie sie schließlich aufstand und sich so beruhigte, wie es nur eine Prostituierte kann.

Sie verschwand im Badezimmer, angeblich um ihre Haare und ihr Make-up zu überprüfen, kam bald wieder heraus und sah mich einen Moment lang an, der immer noch auf dem billigen Teppichboden lag. Mein Gesicht war mit ihren gemischten Säften bedeckt, meine rosafarbenen Brüste pochten auf meiner wogenden Brust.

Als sie sich zum Sofa umdrehte, erblickte sie meine Handtasche darauf und ging darauf zu. Als sie es öffnete, kräuselte sie sich für einen Moment hinein. Ich wollte ihr etwas sagen, konnte aber nicht. Schließlich zog sie ihre Hand wieder heraus und umklammerte weitere zweihundert Dollar.

„Ich denke, ein Trinkgeld ist angebracht, nicht wahr?"

Ich sagte nichts, sah nur zu, wie sie die Scheine wie zuvor in ihr Dekolleté stopfte.

Wir verbrachten an diesem Abend noch ein paar Stunden zusammen. Ein Teil davon wurde damit verbracht, ihre Zehen zu lecken und zu saugen, während sie sich auf dem Bett ausruhte und ihre Kraft wiedererlangte. Sie genoss es auch, meinen Hintern noch einmal zu verprügeln, bevor sie mir befahl, meine Klitoris bis zum Orgasmus gegen ihre Zehen zu ficken. Zuerst fühlte ich mich dafür wie ein kompletter Idiot, aber nach einer Weile fickte ich sie wie eine komplette Schlampe. Natürlich musste ich danach jeden Zeh wieder sauber lecken.

Obwohl ich von einer Prostituierten total erniedrigt und benutzt wurde, habe ich mich noch nie so zufrieden und so lebendig gefühlt wie in dieser Nacht. Es ist nicht jeden Tag so eine Kindheitsfantasie auszuleben und dieses Mädchen wusste genau was ich wollte, irgendwie.

Irgendwann ging ich in die Dusche, um mich zu waschen. Als ich wieder herauskam, wartete sie geduldig darauf, dass ich mich anzog, und genoss das Zucken meines Gesichts jedes Mal, wenn Tücher einen wunden Teil meines Körpers berührten. Zwanzig Minuten später waren wir wieder draußen und in meinem Geländewagen auf dem Weg zu ihrer vertrauten Straßenecke. Die ganze Fahrt über haben wir kein Wort miteinander gesprochen.

Als wir endlich ankamen, stieg sie lässig aus und schloss die Tür hinter sich. Sie dreht sich um und sieht mich mit demselben bösen Lächeln an, das mir Schauer über den Rücken jagt und sich in meiner Muschi konzentriert. Ich ließ das Fenster herunter.

"Ich muss zugeben, du warst der einfachste und unterhaltsamste Trick, den ich je hatte."

Ich wusste nicht, ob ich danke sagen sollte oder nicht.

„Als ich heute Morgen aufgewacht bin, hätte ich nie damit gerechnet, dafür bezahlt zu werden, den Körper einer weißen Tussi zu missbrauchen.

„Ähm ... ok ..." Ich bezweifelte ernsthaft, dass einer meiner Freunde dieselben erniedrigenden Fantasien hegte. Dann wieder...."

"Was bist du?" befahl sie, immer noch mit dem bösen, verführerischen Grinsen. Ich errötete, als mehrere andere Prostituierte es bemerkten.

"Ich bin...."

"WAS BIST DU?"

Ich schaue auf den Beifahrersitz: "Ich bin eine dumme rassistische weiße Fotze!"

Einige der anderen Mädchen hielten mitten im Schritt inne, als sie zweifellos mein demütigendes Eingeständnis hörten. Aber ich wagte es nicht, einen von ihnen anzusehen, selbst nachdem ich ein paar Gekicher gehört hatte.

„Dass du Baby Girl bist, das bist du. Wir sehen uns, Lady."

Und so drehte sie sich um und ging die Straße hinunter, auf der Suche nach dem nächsten herumstreunenden Auto. Das war alles, was ich wirklich für sie war, ein weiterer Trick. Eine Sekunde später bog mein Auto um die Ecke und sie war außer Sichtweite. Keine Stunde später war ich wieder zu Hause. Dorthin, wo mir nie jemand weh tun wollte. Zurück an den Ort, wo die Liebe frei und bedingungslos war. Dorthin, wo schwarze Mädchen es nie gewagt haben, mich zu bestrafen. Ich war zuhause!

Ich zog meine Kleider aus, schlüpfte vorsichtig neben meinen Mann ins Bett und schlang meine Arme um seinen schlafenden Körper. Meine Brüste schmerzten, als sie sich gegen seinen nackten Rücken pressten, was mich daran erinnerte, wie sie dazu gekommen waren. Ein Lächeln schlich sich über mein Gesicht und ein Kribbeln bildete sich zwischen meinen Schenkeln, bevor ich in einen glückseligen, zufriedenen Schlaf fiel. Ein Schlaf voller neuer Träume von dummen rassistischen weißen Schlampen, die von sexy schwarzen Füchsinnen genau das bekommen, was sie verdienen.

# ENDE

# SEXUELLER WUNSCH
# ERIKA SANDERS

43

Meine Liebe, ich möchte, dass Sie vor Ihrem Computer sitzen und ein Bild zeigen, ein visuelles Stück, wie eine Katze.

Nicht das Gesicht und der Körper, nur die Knie gebeugt und die Beine offen.

Mit langen und schönen eleganten Fingern, die die Vaginallippen leicht trennen.

Stellen Sie sich vor, Sie gehen hinein und setzen sich an diesen voll ausgestatteten Schreibtisch.

Aber da Ihr Stuhl Arme hat, lege ich meine Füße in schwarze hochhackige Lederschuhe, Fußfesseln und spitze Zehen auf beiden Seiten von Ihnen.

Sie lehnen sich zurück und lächeln und ich lehne mich auch lächelnd zurück.

Ich hebe mein seidig schwarzes, schmales Kleid hoch und du siehst, dass mein Höschen fehlt und das Leuchten meiner Feuchtigkeit in meinem Schlitz bereits spürbar ist.

Sie sehen die Spitze eines schwarzen Korsetts, an dem auch die Strümpfe befestigt sind.

Ich hebe mein Kleid mit beiden Händen hoch, fahre es über meinen Kopf und enthülle das einige Zentimeter breite Lederkorsett.

Meine Brustwarzen sind aufrecht und hoch, wenn sie von oben herausragen.

Sie verneigen sich, aber ich bin hier, um mit Ihnen zu spielen, und ich trage meine spitzen Schuhe, um Sie dort zu halten, wo Sie sind.

Ich sehe einen Schwanz, der merklich wächst und der aus seiner Hose kommen muss und dich bittet, ihn zu öffnen.

Ich fahre mit meiner Zunge lächelnd über meine Lippen, während du meine Hose runterrutschst.

Der Kopf Ihres Penis ragt aus Ihren Boxershorts heraus und auch dieser hat einen leicht fordernden Glanz.

Das ist aus gutem Grund so.

Dieser Anblick deines aufrechten Schwanzes macht mich plötzlich an und ich bitte dich, mich zu lecken.

Sie beugen sich vor und tun es, indem Sie meine Lippen leicht öffnen, um meinen Kitzler zu finden.

Du nimmst es in den Mund, damit es ein bisschen mehr herauskommt.

Ich brauchte nur diese Berührung deiner Zunge, um mich hundert zu bekommen.

Während ich mich niederlasse, bitte ich Sie, Ihren Schwanz mit der anderen Hand zu nehmen und ihn leicht zu streicheln.

Ja, aber ich kann Ihnen sagen, dass Sie mehr brauchen, es ist nicht genug.

Ich zwinge dich, auf die Knie zu gehen, um dich vollständig in meinen Mund zu nehmen, abwechselnd von der Basis nach oben, oben und unten und zurück zu den Bällen zu lecken und die Innenseite zu lecken, wo das l ist. 'Schritt.

Du magst, was du siehst, wenn ich auf den Knien bin, mein Arsch ist nur ein paar Zentimeter breit und mein Anus ist eng und bequem.

Ich stehe auf, weil ich dem Höhepunkt zu nahe komme.

Ich ziehe dich auf deine Füße und deine Hose geht über deine Knie.

Sie haben immer noch Ihre Schuhe, Ihre Krawatte ist noch gebunden, aber Ihr Hemd ist unten aufgeknöpft.

Ich liebe es, so viel Haut wie möglich zu sehen.

Jetzt, wo du auf den Beinen bist, bitte ich dich, mir den Rücken zu kehren.

Öffne deine Beine genug, um hinter dir zu knien.

Meine Zunge leckt deine Beine, leckt deine Eier und runter bis zum Schlitz deines Arsches, leckt und dreht deine Zunge um deinen Anus.

Ich nehme einen Vibrator aus meiner Tasche und frage, ob ich ihn bei Ihnen verwenden kann, aber bevor ich antworte, lege ich ihn auf Ihre Haut.

Mit meinem Mund habe ich Speichel überall in meinem Arsch gelassen, so dass du alles geschmiert hast.

Ich stelle es auf niedrige Geschwindigkeit und laufe es durch deine Eier und zwischen den Bällen und deinem Arschloch.

Meine andere Hand läuft zwischen deinen Beinen und packt deinen Schwanz, streichelt ihn und streichelt ihn.

Der Vibrator fühlt sich gut in deinem Arsch an.

Ich lege es neben deinen Anus und schiebe eines der beiden Enden, das Ende, das auch mein Favorit ist.

Es gleitet hinein und ich lege das andere Ende wieder in Richtung Mitte, wieder hinter deine Eier, um zu sehen, wie das Gefühl dich auf eine andere Ebene bringt.

Ihre Hände greifen nach dem Schreibtisch und Ihre Augen sind geschlossen, um dem nachzugeben, was ich tun möchte.

Aber ich bleibe so und streichle ein bisschen, während ich dich durch das Summen fragen lasse, was als nächstes passieren wird.

Ich halte abrupt an und sage dir, du sollst dich umdrehen.

Sie tun und Ihr Gesicht ist rot.

Sie genießen es wirklich und nähern sich dem Zustand, den Sie wollen.

Aber ich würde lieber langsamer fahren, um dich wieder in meinen Mund zu bekommen.

Ich bin so heiß wie die Hölle und verliere die Kontrolle.

Also lasse ich dich sitzen und knie mich vor dich und ich bitte dich, dich zu streicheln, aber langsam.

"Streichel meine Liebe."

Als ich mich vor dich knie und mich auf die Fersen lege.

Ich schalte den Vibrator ein und reibe ihn außerhalb meiner Vagina an der Klitoris.

Ich brauche weniger als eine Sekunde, um zum Orgasmus zu gelangen.

Meine Beine und Knie sind offen und ich werfe meinen Kopf zurück und strecke meine Muschi mit meinen Händen, damit du siehst, wie sich die Muskeln meines Orgasmus bewegen.

Ich halte den Vibrator, bis ich fertig bin und mein eigener Saft überläuft.

Ich sehe dich an und du masturbierst und erhöhst das Tempo.

Dein Tempo hat zugenommen und es ist so aufregend, dass ich mich hinknie und dich anflehe, auf mein Gesicht und meine Brust zu kommen.

Und ja, definitiv tust du das.

Ich sehe, wie die Spritzer deiner Milch mich erreichen.

Aber am Ende werfen Sie die Jets auf den Computerbildschirm und auf die Tastatur.

Wir verabschieden uns bis zu einem anderen Zeitpunkt und Sie schalten die Webcam aus.

# ENDE

49

# NASS WILLKOMMEN
# ERIKA SANDERS

51

Glenn kommt von einem anstrengenden Arbeitstag nach Hause und lässt seine Aktentasche und seinen Mantel an der Tür stehen.

Er findet das Haus ungewöhnlich ruhig, achtet aber nicht besonders darauf und geht ins Schlafzimmer.

Als er die Treppe hinaufsteigt, riecht er den wunderbaren Duft des Parfüms seiner geliebten Frau Susan.

Als er den Treppenabsatz erreicht, hört er leise Musikgeräusche, die leise durch seine Schlafzimmertür dringen.

Er macht keine Geräusche und öffnet langsam die Tür.

"Susan?" sagt er mit ziemlich tiefer männlicher Stimme.

Als sich die Tür immer weiter öffnet, lässt ihn der Anblick ihres nackten Körpers, der auf dem Bett liegt, zittern.

"Ja Baby." sagt sie mit schwüler Stimme.

Er geht auf das Bett zu, aber sie signalisiert ihm, dass er aufhören soll.

Verwirrt tut er, was sie ihm sagt, um zu wissen, dass sie etwas im Sinn hat.

Sie steht auf.

Sein Körper bewegt sich mit großer Anmut.

Er kann nicht anders, als sich auf ihre üppige Brust zu fixieren und sich leicht zu bewegen, als sie auf ihn zugeht.

Fühle, wie sich dein Schwanz versteift, wenn deine Gedanken durchgehen

"Sie ist so schön".

Sie streckt ihre Hände aus und schnallt seinen Gürtel ab.

Auch seine Hose knöpft er auf und zieht sie runter.

Das lässt ihn vor Aufregung zittern.

Als sie ihn so aufgeregt sieht, lächelt sie und zieht seine Boxer mit dem hungrigen Bedürfnis nach unten, sein hartes Glied zu lutschen.

Sie legt sanft ihre Hände auf seinen jetzt aufrechten Schwanz und streichelt ihn langsam.

Dann streckt er die Zunge heraus und leckt sich den Kopf, bevor er ihn in den Mund nimmt.

Er stöhnt, als sie anfängt, seinen harten Schwanz zu lutschen.

Bewegen Sie es schneller und schneller in seinen Mund hinein und aus ihm heraus.

Kehren Sie dann langsam zu einem tiefen Schlag zurück und rollen Sie Ihre Zunge um den Kopf, während Sie ihn mit Ihrer Hand streicheln.

Er stöhnt, als ihre Hand den rosa Kopf seines Schwanzes streichelt.

Dann leckt er seine Eier bis zur Spitze seines Schwanzes.

Sie nimmt es aus ihrem Mund und steht auf, um ihn leidenschaftlich zu küssen, während sie sein Hemd auszieht.

Er schlang seine warmen Arme um sie, zog sie näher an sich und spürte, wie ihre Brüste gegen seine Brust gedrückt wurden.

Während sie sich küssen, laufen seine Hände über ihren Körper und fühlen ihre weiche Haut unter seinen Fingerspitzen.

Seine Hände bewegen sich über ihren Hintern und er drückt ihn fest.

Er hebt sie in ihren Arsch, indem er seine Beine um ihre Taille legt und zum Bett geht.

Er legt sie sanft hin und bewegt sich auf sie.

Er küsst sie tief bis zu ihrem Hals und ihrer Brust.

Langsam leckt er näher und näher an ihrer rechten Brust, jetzt errichtete er die Brustwarze.

Er steckt ihre Brustwarze in seinen Mund, saugt daran und beißt sie sanft.

Er bewegt sich zur anderen Brust, greift nach unten und beginnt, ihren Kitzler zu reiben, wodurch sie ihre Atmung erhöht und anfängt, leicht zu stöhnen.

Er reibt sich schneller, als er ihren Bauch küsst und sich auf ihren Bauchnabel konzentriert.

Sie hat das Gefühl, dass sie sehr nass wird und ihre Atmung schneller wird.

Er küsst ihren süßen Hügel und ersetzt dann seine Finger durch seine Zunge.

Saugen und sanft in ihren Kitzler beißen.

Dies schickt sie auf eine Welle des Vergnügens und stöhnt.

Dann führt er einen Finger über die Lippen ihrer geschwollenen Fotze in diese geheime, rutschige Stelle.

Er schiebt seinen Finger langsam hinein und heraus und stürzt dann einen weiteren Finger ein, während sie stöhnt.

Er konzentriert sich weiterhin darauf, an ihrem Kitzler zu saugen, während seine Finger diesen besonderen Ort in ihr, von dem er weiß, dass er sie absolut verrückt macht, kostbar schlagen.

Sie stöhnt laut und spürt ein Kribbeln von ihrem rechten Bein hoch und um ihren Körper herum und raus auf ihr linkes Bein.

"Oh Baby!" sie stöhnt, "Das fühlt sich so gut an!"

Glenn weiß, dass sie, wenn sie so weitermacht, definitiv an ihre Grenzen gehen wird, also verlangsamt er sich und küsst ihren Körper zurück, um ihren Mund zu verschlingen.

Sie teilen einen leidenschaftlichen Kuss.

Ihre Zungen tanzen zusammen.

Er nimmt seine Finger von ihrer jetzt durchnässten Muschi und beginnt ihre rechte Brust zu massieren.

Ihr Stöhnen wurde durch Küsse unterdrückt.

Der Kuss bricht und sie flüstert ihm ins Ohr:

"Ich brauche dich in mir, Baby."

Die Erwähnung seines harten Schwanzes, der in die feuchte Muschi seines Geliebten gleitet, lässt ihn vor Geilheit knurren und sich auf sie bewegen.

Er spreizt ihre Beine mit ihren Hüften und positioniert sich, um in sie einzutreten.

Spielen Sie damit, setzen Sie nur den Kopf ein und ziehen Sie sich dann langsam zurück.

"Bitte gib mir alles." sie fleht ihn an, aber er setzt sich durch und folgt dem Rhythmus des Spiels, indem er nur die Spitze stößt und sie zurückzieht, wenn sie anfängt zu stöhnen.

Schließlich treibt er an einem unerwarteten Punkt seinen harten Schwanz bis zum Ende, um sie zum Schreien zu bringen.

Er beginnt langsam mit langen, harten Stößen in sie hinein und heraus zu schieben.

Er beginnt stärker und schneller zu streicheln und zieht ihren Hintern für ein tieferes Eindringen.

"Oh Gott, du fühlst dich so gut in mir. Ich liebe dich so sehr, wenn du meine Muschi fickst."

Daraufhin knurrt er und zieht sich plötzlich zurück.

Er deutet ihr an, sich umzudrehen, und sie tut dies schnell mit einem Sprung der Aufregung.

Er weiß, dass es eine seiner Lieblingspositionen ist, sie von hinten zu betreten, und er liebt es auch, es ihr so zu geben.

Er steckt seinen Schwanz in sie und beginnt hart und schnell zu stoßen.

Sie stöhnt laut und sagt es ihm lauter.

Er liebt es, seine schöne Frau zu ficken, also wird er immer härter mit ihr.

Sein Körper und seine Eier schlugen gegen seinen jetzt roten Arsch.

Sie beginnt zu ihren Stößen zurückzukehren und drückt seinen Schwanz noch tiefer.

Sie stöhnen beide vor Vergnügen.

"Oh, ich werde kommen, Baby. Bist du bereit für meine Milch?"

"Oh ja Baby, ich werde auch kommen."

Noch ein paar Streicheleinheiten und Susan schreit vor Vergnügen und ihr Körper beginnt zu zittern, als ihr Orgasmus sie überwältigt.

Glenn spürt, wie die Wände ihrer Muschi anfangen, seinen Schwanz zu melken und sie kann es nicht mehr ertragen.

Er knurrt ihren Namen und schießt sein heißes Sperma tief in ihre jetzt cremige und feuchte Muschi.

Susan, erschöpft von seiner Explosion, ruht auf ihren Ellbogen, als sie spürt, wie er noch ein paar Spritzer Sperma in sie spritzt.

Zufrieden und versucht, nicht auf sie zu fallen, zieht er sich langsam von ihrer Muschi zurück und packt sie an der Taille und zieht sie mit sich auf das Bett.

Sie schauen sich in die Augen, beide getrübt von den mächtigen Orgasmen, die vor wenigen Sekunden durch ihren Körper gegangen waren.

Eine Befriedigung der gegenseitigen Bekanntschaft bleibt im Raum, als die beiden in den Armen des anderen einschlafen.

# ENDE

# FÜR DIESEN ANLASS ANGEZOGEN
## ERIKA SANDERS

59

Die Stille der Nacht umgab sie, drückte sie mit ihrer Gelassenheit und versuchte, ihre Angst zu beruhigen.

Das konnte sie jedoch nicht beruhigen.

Ungezügelte Gefühle, an die sie nicht gewöhnt war und die sie noch nie zuvor erlebt hatte, schossen durch ihren Körper und machten sie nervös.

Ihre Absätze klickten leise über den gepflasterten Weg, als sie zum Himmel aufblickte.

Warum gehst du heute Abend dorthin?

Warum hatte sie sich so angezogen?

Sie konnte die Kraft spüren, die sein Blick auf sie hatte.

Sie seufzte und erlaubte ihren Gedanken, nicht mehr an die Ereignisse zu denken, die heute Abend passieren könnten.

* * *

Es fühlte sich an, als wäre jeder Blick auf sie gerichtet, als sie die Räumlichkeiten betrat.

Ihre hochhackigen Schuhe klickten gegen den Holzboden, als sie über die Tanzfläche schritt und sich der Bar näherte.

Der Rock ihres rot-schwarzen Outfits schwankte bei jedem Schritt von einer Seite zur anderen, der rote Streifen floss gegen ihr Knie, während der schwarze ein paar Zentimeter darüber ruhte.

Die Bluse hing lose an ihren Schultern, über ihre Brüste, sprang gerade genug auf, um bei jedem Schritt Aufmerksamkeit zu erregen und zeigte einen großzügigen Hautanteil.

Und ohne BH.

Sie wusste, wie sie in diesem Outfit aussah.

Es sah aus wie eine Schlampe.

Sie hatte den Look mit einem schwarzen Spitzenhalsband um den Hals und einem Hauch von rotem Lippenstift beendet.

Er saß zwischen einem Mann und einer Frau und lächelte den Kellner an.

"Hallo James"

"Samy. Wie schön ist es dich wieder zu sehen." Er ließ seine Augen langsam über sie über ihr Gesicht und ihre Brüste gleiten. "Sehr gut. Und für wen ist der Anlass?"

Sie schüttelte den Kopf und lächelte, wodurch eine Locke über ihr Ohr fiel.

"Es gibt keinen Anlass. Ich wollte mich nur so anziehen."

Er griff über die Bar und steckte die Locke hinter ihr Ohr.

Seine Finger berührten ihre Wange und sie vergaß fast zu atmen.

"Du solltest dich öfter so anziehen."

"Vielleicht werde ich."

"Ich werde jetzt nachts gegen elf die Arbeit verlassen. Möchtest du später tanzen?"

Sie nickte langsam und konnte ihren Blick nicht von seinem losreißen.

Mit sehr langsamer Präzision beugte er sich über die Bar und brachte seine Lippen näher an ihre, vertiefte den Kuss so weit, dass sie mehr wollte, bevor er sich zurückzog.

"Ungefähr zwanzig Minuten."

* * *

Diese zwanzig Minuten waren in Samys Leben nie länger gewesen.

Sie beobachtete die ganze Zeit alles um sich herum und bemerkte jede Bewegung, die er machte, ohne ihn überhaupt anzusehen.

Es war, als ob ihre Sinne mit ihrem Körper übereinstimmten, aber sie zuckte immer noch zusammen, als er sie auf dem Schulterrücken berührte.

Er hatte den Kragen seines schwarzen Hemdes aufgeknöpft und lächelte sie an und streckte seine Hand aus.

"Ich denke du schuldest mir einen Tanz."

Als sie ihre Hand in seine legte, war es, als ob eine kleine Entladung von Elektrizität durch ihren Körper ging.

Er lächelte, als er sie zu einer Ecke der Tanzfläche führte und sie dann an seinen Körper zog, als sich das Lied änderte.

Es war langsam und verführerisch und sein Schlag schien ihrem Herzen zu entsprechen, als sie sich gegen ihn drückte.

Und dann war sie sich plötzlich der harten Konturen bewusst, die sich gegen seinen weichen Körper kräuselten.

Sie schlang ihre Arme um ihn und drückte ihre weichen Rückenkurven mit ihren Händen, während sie hin und her schaukelten.

Er beugte sich vor und drückte seine Lippen gegen ihre, teilte sie sanft und verführte sie mit seiner Zunge.

Seine Hand glitt tiefer über ihren Rücken, ruhte auf ihrer Hüfte und rutschte tief genug, um eine Arschbacke zu streicheln, als er ihren Unterkörper gegen seinen zog.

Sie schnappte nach Luft, als er wirklich fest gegen sie drückte und sie hätte schwören können, dass sie ihn stöhnen hörte.

Aber genau wie er, rief der andere Kellner ihn an und er seufzte und senkte seinen Kopf zurück.

"Samy ... ich bin gleich wieder da. Ich schwöre, ich werde es tun. Geh nirgendwo hin."

Sie nickte dumm, als sie von der Tanzfläche in eine abgelegene Kabine ging.

Er sah, wie James zur Bar zurückkehrte, sich wieder über ihn beugte und mit Joseph sprach.

Joseph war der Ersatz-Barkeeper für die Nacht.

Er übernahm immer, wenn James in den Ruhestand ging.

Als er eine große, langbeinige Blondine zu sich kommen sah, wurde ihm etwas klar.

Sie war nicht so ein Mädchen.

Er hatte keine Ahnung, was er tat.

James war der Typ Mann, der immer ein Mädchen zur Verfügung hatte, jedes große, blonde, super sexy Mädchen.

Und sie war klein, brünett und Latina.

Sie rannte los.

So schnell und leise er konnte.

Er ging zur Tür und als er über seine Schulter sah, sah er die Blondine, die sich dicht an James beugte und mit ihren Fingern über seinen Arm fuhr.

Sie seufzte und schüttelte den Kopf, als sie ihren Weg fortsetzte.

Es wäre nicht gut, anzuhalten und darüber nachzudenken.

Ihre Füße fingen an, von ihren Fersen zu schmerzen, also zog sie sie ab und trat vom Kopfsteinpflasterweg, wobei ihre Füße sie zum Ufer des Flusses führten, den sie so gut kannte.

Er tauchte mit den Füßen in das Flussufer und starrte nur lange auf das Wasser.

"Was habe ich gedacht?" Sie murmelte schließlich.

"Das würde ich gerne wissen."

Sie schrie fast, als sie sich umdrehte.

James stand hinter ihr, die Arme wütend verschränkt und die Stirn gerunzelt.

Aber das Stirnrunzeln wurde langsam durch einen Ausdruck von Verwirrung und Besorgnis ersetzt.

"Samy, du weinst. Was ist los mit dir?"

Sie sah von ihm weg und überquerte den Fluss zum anderen grasbewachsenen Ufer.

"Ich hätte es nicht tun sollen. Ich hätte heute Abend nicht so gekleidet in die Bar kommen sollen. Ich hätte nicht gedacht, dass ich eine Chance hätte."

"Samy, wovon zum Teufel redest du?"

Er griff hinüber und ließ seine Hand auf ihre Schulter fallen.

Sie zitterte, ihr war kalt.

Er zog hastig seinen Mantel aus, warf ihn über ihre Schultern und trat hinter sie, um ihre Arme zu reiben.

"Du hast dort wunderschön ausgesehen. Ich glaube, ich habe vergessen, wie ich atmen musste, als du reinkamst."

"Ich habe die Frauen gesehen, mit denen du normalerweise zusammen bist. Ich bin nicht wie sie, James. Ich bin nicht elegant oder super sexy. Ich bin weder blond noch groß noch langbeinig, noch habe ich einen perfekten Körper wie sie. Ich habe keine Lösung darin dagegen. Er wusste nicht einmal, was er tat. " Sie beendete im Flüsterton.

"Wirklich? Du hättest mich da rein täuschen können."

Er drehte sie zu sich und beugte sich vor, drückte seine Lippen an ihren Hals.

Sie schauderte.

"Dein Körper fühlte sich perfekt an, als du mich auf dieser Tanzfläche gegen dich gedrückt hast."

Er streckte die Hand aus, umfasste ihre Brust und zeichnete den Umriss ihrer Brustwarze durch ihre Bluse.

Es ließ sie ein wenig zittern.

"Sie schienen sicher zu wissen, was sie tun wollten, als wir uns küssten und zusammenschoben."

Er beugte sich über sie und zwang sie, sich hinzulegen, bis sie auf dem Boden lag.

"Lass mich dir zeigen, Samy. Lass mich dir zeigen, dass du mehr bist als du denkst."

Seine Lippen glitten gegen ihre, bevor sie über ihren Nacken und über die dünne Bluse glitten, die ihre Brüste bedeckte.

Ihr Atem stockte in ihrer Kehle, als seine Lippen zuerst eine Brustwarze und dann die andere fanden und langsam saugten, als sie sich in seine Berührung wölbte.

Seine Finger fanden geschickt den Saum ihrer Bluse und begannen ihn langsam hochzuziehen, wobei sie ihre Haut neckten, als sie enthüllt wurde.

Er hob sie an ihren Brüsten vorbei und hielt sie direkt über sie, als er ihre rechte Brust küsste und ihre Haut genoss.

Sie stöhnte, als James endlich seine Lippen auf ihre Brust legte, die Brustwarze zwischen seine Zähne nahm und sanft daran zog, bevor er daran saugte.

Sie stöhnte noch lauter, als seine Hand begann, ihre andere Brust zu kneten und seine Handfläche wiederholt über ihre Brustwarze rollte.

"Siehst du?" Er atmete gegen ihre Haut. "Du bist die perfekte Frau".

Er begann sie auf dem Weg nach unten zu küssen und umkreiste ihren Bauchnabel mit seiner Zunge.

James lächelte sie an, als er nach ihrem Rock griff und anstatt ihn zu senken, schob er ihn hoch.

Der vordere Teil war zurückgeklappt und im nächsten Moment platzierte er sanfte, verspielte Küsse auf ihrem heißen Hügel über ihrem Höschen.

Sie war schon nass.

Er konnte es durch ihr Höschen fühlen, als er seine Nase an ihr rieb.

Sie zitterte unter ihm und er streichelte sanft seine Finger auf und ab, als er seine Zähne benutzte, um ihr Höschen nach unten zu schieben.

Er küsste sie erneut, keine Barriere zwischen seinen Lippen und ihrer Muschi schon.

Er begann seine Zunge über ihren Schlitz zu schieben und sie stöhnte, ihre Hüften bogen sich wild, so dass er seine Zunge tief in sie drückte und sie über ihren Kitzler fuhr.

Samy stöhnte und bog sich gegen seine Zunge, Vergnügen strömte durch sie, als er seine Zähne gegen ihren Kitzler putzte und einen Finger in sie schob.

"Ich habe gelogen", hauchte er gegen ihren Kitzler. "Ich habe nicht nur vergessen, wie man atmet."

James saugte sanft an ihrem Kitzler und sein Finger pumpte in ihre Spannung hinein und aus ihr heraus.

"Ich bin fast in meine Hose gekommen, nur um dich zuerst zu sehen."

Ihre Finger griffen nach seinen Haaren und er lächelte gegen ihre Muschi, als er einen zweiten Finger in sie schob und seine Zunge wiederholt über ihren Kitzler fuhr, bis ihr Körper unter seinem Mund zitterte.

Seine Finger streichelten sie rein und raus, erregten sie und überredeten ihren Körper zu reagieren, bis sie sich gegen seine Hand und Zunge balancierte.

"James", ihre Stimme stockte fast, als sie sich in seiner Hand drehte. "Bitte hör jetzt nicht auf!"

Seine Worte kamen in einem sanften verschwörerischen Ton heraus, aber es wurde schnell lauter, als sie entzückt aufschrie.

Er knabberte sanft an ihrem Kitzler und jetzt saugte er hart an ihr und seine Finger drückten fest in sie hinein und nahmen ihren Höhepunkt.

Er leckte eifrig ihre Säfte und als das Zittern seines Körpers langsamer wurde,

Als er fertig war, ging er über sie hinweg.

Er lächelte und lehnte seine Stirn an ihre und ließ seinen Körper gegen ihre streichen, als er in ihre Augen sah.

"Ich habe dir gesagt, du bist genauso eine Frau wie sie, wenn nicht mehr."

Seine Augen schimmerten mit etwas, das Zweifel gewesen sein könnte, als er in James 'Augen sah, aber dann ließ er seine Finger über seine Brust und bis zu der harten Ausbuchtung in seiner Hose laufen.

"Ist das der Grund, warum du es so schwer hast?

Warum bin ich eine Frau wie sie? "

Ihre Finger berührten seinen Schwanz auf und ab und er konnte das Stöhnen nicht unterdrücken, das an seinen Lippen vorbeiging.

Er hatte jedoch keine Chance zu antworten, als ihre Lippen seine fanden und alle Gedanken aus seinem Kopf gelöscht wurden.

Ihre Finger glitten zu seiner Brust und er begann geschickt sein Hemd aufzuknöpfen.

Er zog es schnell aus seiner Hose und schob ihn beiseite, während er sein Hemd komplett auszog.

Der Knopf an seiner Hose riss auf und der Reißverschluss rutschte fast von alleine.

Sie zog seine Hosen und Boxer so weit herunter, dass er seinen Schwanz losließ, schlang ihre kleine Hand darum und streichelte sie langsam, so dass er stöhnte und sich eifrig gegen ihre Hand drückte.

Er stöhnte verärgert und stand auf, zog seine Hosen und Boxer in einer Bewegung aus und drehte sich zu ihr um.

Sie war jetzt auf den Knien und lächelte ihn an, als sie erneut ihre Hand um ihn legte.

Er beugte sich über sie, streichelte sie langsam und schloss seine Augen.

Im nächsten Moment teilte er sie jedoch, als ihre Lippen sich um seinen Schwanz legten und sie langsam auf seinem harten Glied auf und ab bewegten.

Er legte nun seine Hände auf ihren Hinterkopf und begann sie langsam in seinen Mund hinein und heraus zu schieben. Er stöhnte, als sie ihn bei jeder Bewegung saugte.

Es dauerte nicht lange, bis die leichten Striche schnell und kurz wurden. Samy saugte stärker, je schneller er seinen Kopf bewegte.

Seine Hand streichelte seine Eier und rollte sie hin und her, während sich ihr Mund um ihn zusammenzog.

Als sie mit ihrer Zunge auf dem Kopf seines Schwanzes spielte, explodierte er in ihrem Mund.

Sie schluckte schnell, als er seinen Spritzer auf sie senkte und ihren Mund und Hals gegen seinen Schwanz drückte, was ihn noch härter und mit mehr Spritzen kommen ließ, bis er sich schließlich erschöpfte.

Er schob seinen Schwanz langsam aus seinem Mund und ließ seinen Blick auf den Boden fallen.

Er fiel vor ihr auf die Knie und legte seine Hand auf ihre Wange.

Sie waren nur einen Schritt entfernt, als James 'Finger über die Seite ihres Gesichts fuhr, seinen Finger unter ihr Kinn senkte und ihre Augen zu seinem hob.

"Wir sind noch nicht fertig."

Seine Stimme war so leise, dass ihr Schüttelfrost über den Rücken lief, als sie ihn verwundert anstarrte.

Er beugte sich vor und drückte seine Lippen gegen sie, um den Kuss schnell zu vertiefen.

Als seine Zunge an ihren Lippen vorbeiging, glitt eine Hand hinter sie und zog sie an sich, so dass sie Fleisch an Fleisch waren.

Seine Brustwarzen drückten sich freudig gegen seine Brust und seine neue Erektion drückte fest gegen seine unteren Bauchmuskeln.

Sie bewegte sich und rieb ihren Körper langsam an ihm, was ihn zum Stöhnen brachte, als ihr Kuss fieberhaft wurde.

Er legte sie zurück und schob ihren Rock über ihre Beine.

Er sah sie einen langen Moment an, bevor er sich bewegte.

Er beugte sich wieder über sie und gab ihr einen leichten Kuss auf den Bauch, direkt über ihrem Nabel.

Er lächelte gegen ihre warme Haut und begann sich nach oben zu küssen, umgekehrt zu seinen vorherigen Handlungen.

Seine Lippen spielten kaum gegen ihre Brüste, bevor sie sich auf ihren Nacken legten und ihren Herzschlag streichelten.

Er pochte zwischen ihren Beinen, sein Schwanz drückte gegen ihren nassen Schlitz, als sie ihre Beine um seine Taille schlang und er seine Arme um sie legte.

In einer schnellen Bewegung saß James mit ihr auf seinem Schoß und drückte, wenn möglich, seinen Schwanz noch mehr gegen sie.

Sie wand sich ein wenig und er stöhnte.

Er küsste sie direkt unter ihrem Ohr und zog sanft an ihrem Ohrläppchen.

"Sag mir, Samy, willst du es?"

Sein Atem war heiß auf ihrer Haut und sie zitterte.

"Willst du, dass mein großer, harter Schwanz in dir vergraben ist?"

Samys Antwort klang fast wie ein Stöhnen, als sie sich an ihm rieb.

"Ja. Bitte James, ich wollte das seit ...", aber sie blieb schnell stehen, errötete immer noch auf ihren Wangen und sah weg.

James hatte keine Ahnung davon.

Er zwang seinen Blick zurück zu ihrem und lehnte seine Erektion an sie.

"Beende, was du gesagt hast."

Sie stöhnte und ihre Nägel gruben sich leicht in seine Haut.

"Ich wollte das, seit ich dich getroffen habe."

"Also sag mir, wie sehr du es willst."

Es war keine Forderung, eher eine Bitte, als er seine Finger über ihre Brüste fuhr und langsam ihr Fleisch knetete.

Er konnte fühlen, wie ihre Hitze gegen seinen Schwanz strahlte, und er tat sein Bestes, um ihn nicht einfach zu werfen und zu nehmen.

Ihre Antwort überraschte ihn und erschütterte die Selbstbeherrschung, die er benutzt hatte.

"Ich will es nicht. Ich brauche es, James."

Ihre Augen waren jetzt auf seine gerichtet und er stöhnte leise gegen ihre Haut, als sie näher kam.

"Ich brauche es so sehr, ich habe so lange davon geträumt. Bitte. Du musst mich ficken."

Er konnte ihr das nicht mehr verweigern.

Danach konnte er sich nicht länger zurückhalten.

Er hob sie hoch, bis der Kopf seines Schwanzes gegen ihre Öffnung drückte und ließ ihn dann schnell auf sie fallen.

Sie stöhnten beide.

Ihre Muschi war so eng um seinen Schwanz, dass er, als er anfing, ihn auf seinem Schwanz auf und ab zu bewegen, und seine harte Länge in ihr noch größer zu sein schien.

Sie stöhnte und begann mit ihren Beinen auf seinen Schwanz zu springen.

Ihre Brüste prallten frei gegen ihn und ihre Brustwarzen riefen nach ihm, als er sich vorbeugte und anfing zu saugen.

Sie stöhnte und sprang schneller auf seinen Schwanz, drückte sich immer wieder.

Seine Lippen neckten ihre Brustwarzen, zogen und saugten, dann fuhr er mit seiner Zunge über sie und knabberte, als er hüpfte, gegen ihre Haut stöhnte und Vibrationen durch seine Bisse sandte.

Ihre Muschi war so nass, dass die Feuchtigkeit über seinen Schwanz lief und er stöhnte, als sie absichtlich seinen Schlitz um ihn drückte, was ihn dazu brachte, ihr mehr zu widerstehen.

Er bog sie beide so, dass sie wieder auf dem Rücken im Gras lag und fing an, seinen Schwanz hart in sie hinein und heraus zu schlagen.

Samy stöhnte noch lauter, ihre Nägel kratzten sie zurück, als ein weiterer starker Stoß sie zu ihrem Höhepunkt zurückbrachte.

Der enge Krampf um seinen Schwanz ließ James auch schnell kommen und er knallte noch schneller in sie hinein und knurrte, als sein heißes Sperma sie füllte, bis es über ihre Schenkel lief.

Er fiel keuchend zur Seite.

Dann zog er sie zu sich und hinterließ sanfte Küsse auf ihrer Gesichtsseite.

"Nun, wird es noch fünf Jahre dauern, bis du mutig genug bist, das noch einmal zu tun?"

Er lächelte und küsste ihre Lippen.

"Nicht immer, James."

Samy lächelte und strich mit ihren Lippen über seine.

"Gut, weil ich nicht glaube, dass ich meine Hände länger als ein oder zwei Tage von dir lassen kann."

Samys Lachen hallte über den See und James lächelte, als er sich aufsetzte und sie tief küsste.

Dies könnte definitiv der Beginn von etwas sehr Interessantem sein.

# ENDE